Gröls Verlage

„BÜCHER SIND WIE FALLSCHIRME. SIE NÜTZEN UNS NICHTS, WENN WIR SIE NICHT ÖFFNEN."

Gröls Verlag

Redaktionelle Hinweise und Impressum

Das vorliegende Werk wurde zugunsten der Authentizität sehr zurückhaltend bearbeitet. So wurden etwa ursprüngliche Rechtschreibfehler *nicht* systematisch behoben, denn kleine Unvollkommenheiten machen das Buch – wie im Übrigen den Menschen – erst authentisch. Mitunter wurden jedoch zum Beispiel Absätze behutsam neu getrennt, um den Lesefluss zu erleichtern.

Um die Texte zu rekonstruieren, werden antiquarische Bücher von Lesegeräten gescannt und dann durch eine Software lesbar gemacht. Der so entstandene Text wird von Menschen gegengelesen und korrigiert – hierbei treten auch Fehler auf. Wenn Sie ebenfalls antiquarische Texte einreichen möchten, finden Sie weitere Informationen auf www.groels.de

Viel Freude bei der Lektüre wünscht Ihnen das Team des Gröls-Verlags.

Adressen
Verleger: Sophia Gröls, Im Borngrund 26, 61440 Oberursel
Externer Dienstleister für Distribution & Herstellung: BoD, In de Tarpen 42, 22848 Norderstedt

Unsere „Edition | Kleine Klassiker“ versammelt über hundert unbestrittene Klassiker der Weltliteratur in einem ästhetisch anspruchsvollen und handlichen Format.

Die Gröls-Klassiker-Editionen gehören heute mit ungefähr tausend Werken zu den größten Sammlungen klassischer Literatur im deutschen Sprachraum. Wir kultivieren und kuratieren damit einen der wertvollsten Bereiche der abendländischen Kultur. Kleine Auswahl:

Francis Bacon • Neues Organon • **Balzac** • Glanz und Elend der Kurtisanen • **Joachim H. Campe** • Robinson der Jüngere • **Dante Alighieri** • Die Göttliche Komödie • **Daniel Defoe** • Robinson Crusoe • **Charles Dickens** • Oliver Twist • **Denis Diderot** • Jacques der Fatalist • **Fjodor Dostojewski** • Schuld und Sühne • **Arthur Conan Doyle** • Der Hund von Baskerville • **Elisabeth von Österreich** • Das Poetische Tagebuch • **Friedrich Engels** • Die Lage der arbeitenden Klasse • **Ludwig Feuerbach** • Das Wesen des Christentums • **Fitzgerald** • Zärtlich ist die Nacht • **Flaubert** • Madame Bovary • **Theodor Fontane** • Effi Briest • **Robert Musil** • Über die Dummheit • **Edgar Wallace** • Der Frosch mit der Maske • **Jakob Wassermann** • Der Fall Maurizius • **Oscar Wilde** • Das Bildnis des Dorian Grey •

Edgar Allan Poe

Der Untergang des Hauses Usher

Geschichten von Schönheit, Liebe und Wiederkunft

Son cœur est un luth suspendu;
Sitôt qu'on le touche il résonne.

Béranger

Ich war den ganzen Tag lang geritten, einen grauen und lautlosen, melancholischen Herbsttag lang – durch eine eigentümlich öde und traurige Gegend, auf die erdrückend schwer die Wolken herabhingen. Da endlich, als die Schatten des Abends herniedersanken, sah ich das Stammschloß der Usher vor mir. Ich weiß nicht, wie es kam – aber ich wurde gleich beim ersten Anblick dieser Mauern von einem unerträglich trüben Gefühl befallen. Ich sage unerträglich, denn dies Gefühl wurde durch keine der poetischen und darum erleichternden Empfindungen gelindert, mit denen die Seele gewöhnlich selbst die finstersten Bilder des Trostlosen oder

Schaurigen aufnimmt. Ich betrachtete das Bild vor mir – das einsame Gebäude in seiner einförmigen Umgebung, die kahlen Mauern, die toten, wie leere Augenhöhlen starrenden Fenster, die paar Büschel dürrer Binsen, die weißschimmernden Stümpfe abgestorbener Bäume – mit einer Niedergeschlagenheit, die ich mit keinem anderen Gefühl besser vergleichen kann als mit dem trostlosen Erwachen eines

Opiumessers aus seinem Rausche, dem bitteren Zurücksinken in graue Alltagswirklichkeit, wenn der verklärende Schleier unerbittlich zerreißt. Es war ein frostiges Erstarren, ein Erliegen aller Lebenskraft – kurz, eine hilflose Traurigkeit der Gedanken, die kein noch so gewaltsames Anstacheln der Einbildungskraft aufreizen konnte zu Erhabenheit, zu Größe. Was mochte es sein – dachte ich, langsamer reitend – ja, was mochte es sein, daß der

Anblick des Hauses Usher mich so erschreckend überwältigte? Es war mir ein Rätsel; aber ich konnte mich der grauen Wahngespenster nicht erwehren; ich mußte mich mit der wenig befriedigenden Erklärung begnügen, daß es tatsächlich in der Natur ganz einfache Dinge gibt, die durch die Umstände, in denen sie uns erscheinen, geradezu niederdrückend auf uns wirken können, daß es aber nicht in unsere Macht gegeben ist, eine Definition dieser Gewalt zu finden. Es wäre möglich, überlegte ich, daß eine etwas andere Anordnung der einzelnen Bestandteile dieses Landschaftsbildes genügen würde, die düstere Stimmung des Ganzen abzuschwächen, ja vielleicht sogar vollständig aufzuheben. Von diesem Gedanken getrieben, lenkte ich mein Pferd an den steilen Rand eines schwarzen, sumpfigen Teiches, der, von keinem Hauch bewegt, neben dem Schlosse lag, und spähte ins

Wasser – doch ein Schauder, noch stärker als zuvor, schüttelte mich beim Anblick der auf den Kopf gestellten und verzerrten Bilder der grauen Binsen, der gespenstischen Baumstümpfe und der wie leere Augenhöhlen starrenden Fenster.

Nichtsdestoweniger beschloß ich, in diesem schwermutsvollen Hause einen Aufenthalt von mehreren Wochen zu nehmen. Sein Eigentümer, Roderich Usher, war einer meiner liebsten Jugendfreunde gewesen, doch seit unserer letzten Begegnung waren viele Jahre dahingegangen. Da hatte mich jüngst bei meinem Aufenthalt in einem entlegenen Teile des Landes ein Brief erreicht – ein Brief von ihm –, dessen seltsam ungestümer Charakter keine andere als eine persönliche und mündliche Beantwortung zuließ. Das Schreiben zeugte entschieden von nervöser Aufregung. Der Verfasser sprach von einer heftigen körperlichen Erkrankung – von niederdrückender geistiger Zerrüttung – und von dem innigen Wunsch, mich, der ich sein bester und tatsächlich sein einziger persönlicher Freund sei, wiederzusehen; er hoffe, meine erheiternde Gesellschaft werde seinem Zustande etwas Erleichterung bringen. Die Art und Weise, in der dies und vieles andere gesagt war – die Herzensbedrängnis, die aus seinem Verlangen sprach – das war es, was mir kein Zögern erlaubte, und ich gehorchte daher dieser höchst seltsamen Aufforderung unverzüglich.

Obgleich wir als Knaben geradezu vertraute Kameraden gewesen waren, so wußte ich dennoch recht wenig über meinen Freund. Seine Zurückhaltung war immer außerordentlich gewesen; sie war ihm ganz selbstverständlich erschienen. Immerhin war mir bekannt, daß seine sehr alte Familie seit unvordenklichen

Zeiten wegen einer eigentümlichen Reizbarkeit des Temperaments bekannt gewesen war, einer Reizbarkeit, die lange Jahre hindurch in vielen erhaben eigenartigen Kunstwerken sich aussprach; später betätigte sich dies feinfühlige Empfinden in mancher Handlung großmütiger, doch unauffälliger Mildtätigkeit und in der leidenschaftlichen Hingabe an das Studium der Musik – weniger also an ihre altbekannten, leichtfaßlichen

Schönheitsformen als an die tiefverborgenen Probleme dieser Kunst. Ich hatte auch die sehr bemerkenswerte Tatsache erfahren, daß der Stammbaum der Familie Usher, die jederzeit hochangesehen gewesen, zu keiner Zeit einen ausdauernden Nebenzweig hervorgebracht hatte, mit anderen Worten, daß die Abstammung der ganzen Familie in direkter Linie abzuleiten war. Und ich vergegenwärtigte mir, daß sich in dieser Familie neben dem ungeteilten Besitztum auch die besonderen Charaktereigentümlichkeiten ungeteilt von Glied zu Glied vererbten, und sann darüber nach, inwieweit im Laufe der Jahrhunderte die eine dieser Tatsachen die andere beeinflußt haben könne. Wahrscheinlich, so sagte ich mir, ist es eben dieser Mangel einer Seitenlinie, ist es dies von Vater zu Sohn immer sich gleichbleibende Erbe von Besitztum und

Familienname, das schließlich beide so miteinander identifiziert hatte, daß der ursprüngliche Name des Besitztums in die wunderliche und doppeldeutige Bezeichnung „das Haus Usher“ übergegangen war – eine Benennung, die bei den Bauern, die sie anwendeten, beides, sowohl die Familie wie das Familienhaus, zu bezeichnen schien.

Ich sagte vorhin, daß der einzige Erfolg meines etwas kindischen

Beginnens – meines Hinabblickens in den dunklen Teich – der gewesen war, den ersten sonderbaren Eindruck, den das Landschaftsbild auf mich gemacht hatte, noch zu vertiefen. Es ist zweifellos, das Bewußtsein, mit dem ich das Anwachsen meiner abergläubischen Furcht – denn dies ist der rechte Name für die Sache – verfolgte, diente nur dazu, diese Furcht selbst zu steigern. Denn ich kannte schon lange das paradoxe Gesetz aller Empfindungen, deren

Ursprung das Entsetzen, das Grauen ist. Und einzig dies mag die Ursache gewesen sein einer seltsamen Vorstellung, die in meiner Seele erstand, als ich meine Augen von dem Spiegelbild im Pfuhl wieder hinaufrichtete auf das Wohnhaus selbst; es war eine Einbildung, so lächerlich in der Tat, daß ich sie nur erwähne, um zu zeigen, wie lebendig, wie stark die Eindrücke waren, die auf mir lasteten. Ich hatte so auf meine Einbildungskraft eingewirkt, daß ich tatsächlich glaubte, das Haus und seine ganze Umgebung seien von einer nur ihm eigentümlichen Atmosphäre umflutet – einer Atmosphäre, die zu der Himmelsluft keinerlei Zugehörigkeit hatte, sondern die emporgedunstet war aus den vermorschten Bäumen, den grauen Mauern und dem stummen Pfuhl – ein giftiger, geheimnisvoller, trüber, träger, kaum wahrnehmbarer bleifarbener Dunst.

Von meinem Geist abschüttelnd, was Traum gewesen sein mußte, prüfte ich eingehender das wirkliche Aussehen des Gebäudes. Das Auffallendste an ihm schien mir sein beträchtliches Alter zu sein. Die Zeitläufte hatten ihm seine ursprüngliche Farbe genommen. Ein winzig kleiner Pilz hatte alle Mauern wie mit einem Netzwerk überzogen, dessen feinmaschiges Geflecht von den Dachtraufen herabhing. Doch von irgendwelchem außergewöhnlichen Verfall war das Gebäude noch weit entfernt. Kein Teil des Mauerwerks war eingesunken, und die noch vollkommen erhaltene Gesamtheit stand in seltsamem Widerspruch zu der bröckelnden Schadhaftigkeit der einzelnen Steine. Dies Haus stand gleichsam da wie altes Holzgetäfel, das in irgendeinem unbetretenen Gewölbe viele Jahre lang vermoderte, ohne daß je ein Lufthauch von draußen es berührte, und das darum in all seinem inneren

Verfall stattlich und lückenlos dasteht. Außer diesen Zeichen eines allgemeinen Verfalls bot das Haus jedoch nur wenige Merkmale von Baufälligkeit. Vielleicht hätte allerdings ein scharfprüfender Blick einen kaum wahrnehmbaren Riß entdecken können, der an der Frontseite des Hauses vom Dach im Zickzack die Mauer hinunterlief, bis er sich in den trüben Wassern des Teiches verlor.

Diese Dinge bemerkte ich, als ich über einen kurzen Dammweg zum Hause hinaufritt. Ein wartender Diener nahm mein Pferd, und ich trat unter den gotisch gewölbten Torbogen der Halle. Ein Kammerdiener mit leichtem, leisem Schritt führte mich schweigend durch dunkle und gewundene Gänge in das Arbeitszimmer seines Herrn. Vieles, was ich unterwegs erblickte, trug irgendwie dazu bei, das unbestimmte niederdrückende Gefühl, von dem ich schon gesprochen habe, zu verstärken. Diese Dinge um mich her – das Schnitzwerk der Deckentäfelung, der ebenholzglänzende Flur, die düsteren Wandteppiche mit ihrem phantastischen Waffenschmuck, der bei meinen Tritten rasselte – das alles waren Dinge, die schon meiner Kindheit vertraut gewesen waren, wie ich mir unumwunden eingestehen mußte – dennoch wunderte ich mich, was für unheimliche Vorstellungen so gewöhnliche Dinge erwecken konnten.

Auf einer der Treppen begegnete ich dem Hausarzt. Sein Gesichtsausdruck erschien mir gemein und durchtrieben, während mein Anblick ihn verblüffte. Er begrüßte mich verwirrt und ging weiter. Jetzt riß der Kammerdiener eine Tür auf und führte mich hinein zu seinem Herrn.

Das Zimmer, in dem ich mich nun befand, war sehr groß und hoch. Die

Fenster waren lang und schmal und hatten gotische Spitzbogenform; sie befanden sich so hoch über dem schwarzen eichenen Fußboden, daß man nicht an sie heranreichen konnte. Ein schwacher Schimmer rötlichen Lichtes drang durch die vergitterten Scheiben herein und reichte gerade hin, die hauptsächlichen Gegenstände des Gemachs erkennbar zu machen; doch mühte sich das Auge vergebens, bis in die entfernten Winkel des Zimmers, in die Tiefen der schmuckreichen Deckenwölbung vorzudringen. Dunkle Teppiche hingen an den Wänden. Die Einrichtung selbst war im allgemeinen überladen prunkvoll, unbehaglich, altmodisch und schadhaft. Eine Menge Bücher und Musikinstrumente lagen umher, doch auch das vermochte nicht, die tote Starrheit des öden Raumes zu beleben. Ich fühlte, daß ich eine Luft einatmete, die schwer von Gram und

Sorge war. Ernste, tiefe, unheilbare Schwermut lastete hier auf allem.

Bei meinem Eintritt erhob sich Usher von einem Sofa, auf dem er lang ausgestreckt gelegen hatte, und begrüßte mich mit warmer Lebhaftigkeit, die mir zuerst übertrieben schien – etwa wie gezwungene Liebenswürdigkeit des blasierten Weltmannes. Ein Blick jedoch auf sein Gesicht überzeugte mich von seiner völligen

Aufrichtigkeit. Wir setzten uns, und da er nicht gleich sprach, betrachtete ich ihn minutenlang – und wurde von Mitleid und Grauen ergriffen. Sicherlich, kein Mensch hatte sich je in so kurzer Zeit so schrecklich verändert wie Roderich Usher! Nur mit Mühe gelang es mir, die Identität dieser gespenstischen Gestalt da vor mir mit dem Gefährten meiner Kindheit festzustellen. Doch seine Gesichtsbildung war immer merkwürdig und auffallend gewesen –

eine leichenhafte Blässe, große, klare und unvergleichlich leuchtende Augen, Lippen, die etwas schmal und sehr bleich waren – aber von ungemein schönem Schwunge, eine Nase von edelzartem, jüdischem Schnitt, doch mit ungewöhnlich breiten Nüstern, ein schön gebildetes Kinn, dessen wenig kräftige Form einen Mangel an sittlicher Energie verriet, und Haare, die feiner und zarter waren als Spinnenfäden. Diese einzelnen Züge, verbunden mit einer massigen Kraft und Breite der Stirn über den Schläfen, bildeten ein Antlitz, das man wohl nicht leicht vergessen konnte. Und nun hatte die übertriebene Entwicklung dieser charakteristischen Einzelheiten genügt, den Ausdruck seiner Züge so zu verändern, daß ich nicht einmal wußte, ob er es wirklich war. Vor allem war ich bestürzt, ja entsetzt von der jetzt gespenstischen Blässe der Haut und dem jetzt übernatürlichen Strahlen des Auges. Das seidige Haar hatte ein ungewöhnliches Wachstum entfaltet, und wie es da so seltsam wie hauchzarter Altweibersommer sein Gesicht umflutete, konnte ich beim besten Willen nicht dies arabeskenhaft verschlungene Gewebe mit dem einfachen Begriff Menschenhaar in Beziehung bringen.

Im Benehmen meines Freundes überraschte mich sofort eine gewisse Verwirrtheit – seiner Rede fehlte der Zusammenhang; und ich erkannte dies als eine Folge seiner wiederholten kraftlosen Versuche, ein ihm innewohnendes Angstgefühl, das ihn wie Zittern überkam, zu unterdrücken – einer heftigen, nervösen Aufregung Herr zu werden. Ich war allerdings auf etwas derartiges gefaßt gewesen, sowohl sein Brief als auch meine Erinnerung an bestimmte Wesenseigenheiten des Knaben hatten mich darauf vorbereitet, und auch sein Äußeres wie sein Temperament ließen dergleichen ahnen. Sein Wesen war abwechselnd lebhaft und mürrisch. Seine Stimme, die eben noch zitternd und unsicher war, wenn die Lebensgeister in tödlicher Erschlaffung ruhten, flammte plötzlich auf zu heftiger Entschiedenheit – wurde schroff und nachdrücklich – dann schwerfällig und dumpf, bleiern einfältig – wurde zu den sonderbar modulierten Kehllauten der ungeheuren Aufregung des sinnlos Betrunkenen oder des unheilbaren Opiumessers.

So sprach er also von dem Zweck meines Besuches, von seinem dringenden Verlangen, mich zu sehen, und von dem trostreichen Einfluß, den er von mir erhoffte. Nach einer Weile kam er auf die Natur seiner Krankheit zu sprechen. Es war, sagte er, ein ererbtes Familienübel, ein Übel, für das ein Heilmittel zu finden er verzweifle – nichts weiter als nervöse Angegriffenheit, fügte er sofort hinzu, die zweifellos bald vorübergehen werde. Sie äußere sich in einer Menge unnatürlicher Erregungszustände. Einige derselben, die er mir nun beschrieb, verblüfften und erschreckten mich, doch mochte an dieser Wirkung seine Ausdrucksweise, die Form seines Berichtes schuld sein. Er litt viel unter einer krankhaften Verschärfung der Sinne; nur die geschmackloseste Nahrung war ihm erträglich, als Kleidung konnte er nur ganz bestimmte Stoffe tragen; jeglicher

Blumenduft war ihm zuwider; selbst das schwächste Licht quälte seine Augen, und es gab nur einige besondere Tonklänge – und diese nur von Saiteninstrumenten –, die ihn nicht mit Entsetzen erfüllten.

Ich sah, daß er der Furcht, dem Schreck, dem Grauen sklavisch unterworfen war. „Ich werde zugrunde gehen," sagte er, „ich muß zugrunde gehen an dieser beklagenswerten Narrheit. So, so und nicht anders wird mich der Untergang ereilen! Ich fürchte die Ereignisse der Zukunft – nicht sie selbst, aber ihre Wirkungen. Ich schaudere bei dem Gedanken, irgendein ganz geringfügiger Vorfall könne die unerträgliche Seelenerregung verschlimmern. Ich habe wirklich keinen Schauder vor der Gefahr, nur vor ihrer unvermeidlichen Wirkung – vor dem Schrecken. In diesem entnervten, in diesem bedauernswerten Zustand fühle ich, daß früher oder später die Zeit kommen wird, da ich beides, Vernunft und Leben, hingeben muß – verlieren im Kampf mit dem gräßlichen Phantom Furcht.“

Noch einen andern sonderbaren Zug seiner geistigen Verfassung erfuhr ich nach und nach aus abgerissenen, unbestimmten Andeutungen. Er war hinsichtlich des Hauses, das er bewohnte, in gewissen abergläubischen Vorstellungen befangen. Schon seit Jahren hatte er sich nicht mehr aus dem Hause herausgewagt – infolge eines Einflusses, dessen eingebildete Wirkung er mir in so unbestimmten, schattendunkeln Worten mitteilte, daß ich sie hier nicht wiedergeben kann. Wie er sagte, hatten einige Besonderheiten in der Bauart und dem Baumaterial seines Stammschlosses in dieser langen Leidenszeit auf seinen Geist Einfluß erlangt – einen Einfluß also, den das

Physische der grauen Mauern und Türme und des trüben Pfuhls, in den sie alle hinabstarrten, auf seine Psyche ausübte.

Jedoch gab er zögernd zu, daß die seltsame Schwermut, unter der er leide, einer natürlicheren, gewissermaßen handgreiflicheren Ursache zugeschrieben werden könne – nämlich der schweren und langwierigen Krankheit – ja der offenbar nahen Auflösung einer zärtlich geliebten Schwester – der einzigen Gefährtin langer Jahre – der letzten und einzigen Verwandten auf Erden. Ihr Hinscheiden, sagte er mit einer Bitterkeit, die ich nie vergessen kann, würde ihn (ihn, den Hoffnungslosen, Gebrechlichen) als den Letzten des alten Geschlechtes der Usher zurücklassen. Während er sprach, durchschritt Lady Magdalen – so hieß seine Schwester – langsam den entfernten Teil des Gemachs und verschwand, ohne meine

Anwesenheit beachtet zu haben. Ich betrachtete sie mit maßlosem Erstaunen, das nicht frei war von Entsetzen – und dennoch konnte ich mir keine Rechenschaft geben über das, was ich fühlte. Wie Erstarrung kam es über mich, als meine Augen ihren entschwebenden Schritten folgten. Als sich die Tür hinter ihr geschlossen hatte, suchte mein Blick unwillkürlich und begierig das Antlitz des Bruders – aber er hatte das Gesicht in den Händen vergraben, und ich konnte nur bemerken, daß seine mageren Finger, zwischen denen viele leidenschaftliche Tränen hindurchsickerten, von noch gespenstischerer Blässe waren als gewöhnlich.

Schon lange hatte die Krankheit der Lady Magdalen der Geschicklichkeit der Ärzte gespottet. Eine beständige Apathie, ein langsames Hinwelken und häufige, wenn auch vorübergehende Anfälle vermutlich kataleptischer Natur, das war die ungewöhnliche Diagnose. Bislang hatte sie standhaft der Gewalt der Krankheit getrotzt und war noch nicht bettlägerig geworden. Am Tage meiner Ankunft aber unterlag sie gegen Abend der vernichtenden Macht des Zerstörers – so berichtete ihr Bruder mir des Nachts in unaussprechlicher Aufregung; und ich erfuhr, daß der flüchtige Anblick, den ich von ihr gehabt, wohl auch der letzte gewesen sein werde – daß Lady

Magdalen wenigstens lebend nicht mehr von mir erblickt werden würde.

In den nächsten Tagen wurde ihr Name weder von Usher noch von mir erwähnt; und während dieser Zeit war ich ernstlich und angestrengt bemüht, meinen Freund seinem Trübsinn zu entreißen. Wir malten und lasen zusammen, oder ich lauschte wie im Traum seinen seltsamen Improvisationen auf der Gitarre. Und wie nun eine innige und immer innigere Vertrautheit mich immer rückhaltloser eindringen ließ in die Tiefen seiner Seele, kam ich mehr und mehr zur bitteren Erkenntnis, daß alle Versuche vergeblich sein mußten, ein Gemüt aufzuheitern, dessen Schwermut wie eine ewig unwandelbare positive Eigenschaft sich ergoß und alle Dinge der Welt stetig und ausnahmslos mit düsteren Strahlen beflutete.

Ich werde stets ein Andenken bewahren an die vielen feierlich ernsten Stunden, die ich so allein mit dem Haupt des Hauses Usher zubrachte; dennoch ist es mir nicht möglich, einen Begriff zu geben von dem Charakter der Studien oder Beschäftigungen, in die er mich einspann oder zu denen er mich hinwies. Sein übertriebener, ruheloser, geradezu krankhafter Idealismus warf auf all unser Tun einen schwefligfeurigen Glanz. Seine langen improvisierten Klagegesänge werden mir ewig in den Ohren klingen; unter anderem habe ich in schmerzlichster, quälendster Erinnerung eine seltsame Variation – eine Paraphrase zu „Carl Maria von Webers letzte Gedanken“. Die Bildwerke, die seine rastlose Phantasie erstehen ließ und die seine Hand in wunderbar verschwommenen Strichen wiedergab, weckten in mir ein tödliches Grauen, das um so grausiger war, als ich nicht enträtseln konnte, weshalb diese Bilder mich so schauerlich berührten; so lebhaft sie mir auch vor Augen stehen – ich würde mich vergeblich bemühen, mehr von ihnen wiederzugeben, als eben möglich ist, mit Worten flüchtig anzudeuten. Durch die übertriebene Einfachheit, ja Nacktheit seiner Bilder fesselte er – erzwang er die Aufmerksamkeit. Wenn je ein Sterblicher vermochte, eine Idee zu malen, so war es Roderich Usher.

Mich wenigstens überwältigte – unter den damals obwaltenden Umständen – bei den reinen Abstraktionen, die der Hypochonder auf die Leinwand zu werfen wagte – mich überwältigte eine ganz unerhörte Ehrfurcht, von der ich nicht einen Schatten hatte empfinden können bei der Betrachtung der sicherlich glühenden, aber doch zu körperlichen Träume Fuselis.

Eines der phantastischen Gemälde meines Freundes, ein Bild, das nicht so streng abstrakt war, sei hier schattenhaft nachgezeichnet – so gut es Worte eben können. Es war ein kleines Bild und zeigte das Innere eines ungeheuer langen rechtwinkligen Gewölbes oder Tunnels mit niederen, glatten, weißen Mauern, die sich ohne jede Teilung schmucklos und endlos hinzogen. Durch gewisse feine Andeutungen in der Zeichnung des Ganzen wurde im

Beschauer der Gedanke erweckt, daß dieser Schacht sehr, sehr tief unter der Erde lag. Nirgend fand sich in dieser Höhle eine Öffnung, und keine Fackel noch andere künstliche Lichtquelle war wahrnehmbar – dennoch quoll durch das Ganze eine Flut intensiver Strahlen und tauchte alles in eine gespenstische und ganz unvermutete Helligkeit.

Ich habe vorhin schon von der krankhaften Überreizung der

Gehörsnerven gesprochen, die dem Leidenden alle Musik unerträglich machte, ausgenommen die Klangwirkung gewisser Saiteninstrumente. Vielleicht war es hauptsächlich diese Einschränkung, durch die er auf die Gitarre angewiesen blieb, die seinen Vorträgen solch phantastischen Charakter lieh. Aber das erklärte noch nicht die feurige Lebendigkeit dieser Impromptus. Sicherlich waren sie, sowohl was die Töne als was die

Worte anbetraf (denn nicht selten begleitete er sein Spiel mit improvisierten Versgesängen), das Resultat jener intensiven geistigen Anspannung und Konzentration, von der ich schon früher erwähnte, daß sie nur in besonderen Momenten höchster künstlerischer Erregtheit bemerkbar war. Die Worte einer dieser Rhapsodien sind mir noch gut in Erinnerung. Sie machten wohl einen um so gewaltigeren Eindruck auf mich, als ich in ihrem mystischen

Inhalt eine verborgene Andeutung zu entdecken glaubte, daß Usher ein klares Bewußtsein davon habe, wie sehr seine erhabene Vernunft ins Wanken geraten sei. Die Verse, die betitelt waren „Das Geisterschloß", lauteten ungefähr – wenn nicht wörtlich – so:

In der Täler grünstem Tale
    Hat, von Engeln einst
bewohnt,
Gleich des Himmels

Kathedrale
    Golddurchstrahlt ein
Schloß gethront.
Rings auf Erden diesem
Schlosse
    Keines glich;
Herrschte dort mit reichem
Trosse
    Der *Gedanke* – königlich.

Gelber Fahnen
Faltenschlagen
    Floß wie Sonnengold im

Wind –

Ach, es war in alten Tagen,

Die nun längst vergangen

sind! –

Damals kosten süße Lüfte

Lind den Ort,

Zogen als beschwingte Düfte

Von des Schlosses Wällen

fort.

Wandrer in dem Tale

schauten

Durch der Fenster lichten

Glanz

Genien, die zum Sang der

Lauten

Schritten in gemeßnem

Tanz

Um den Thron, auf dem

erhaben,

Marmorschön,

Würdig solcher Weihegaben

War des Reiches Herr zu

sehn.

Perlen- und rubinenglutend

War des stolzen Schlosses

Tor,

Ihm entschwebten flutend,

flutend

Süße Echos, die im Chor,

Weithinklingend, froh

besangen –

Süße Pflicht! –

Ihres Königs hehres Prangen

In der Weisheit

Himmelslicht.

Doch Dämonen, schwarze

Sorgen,

Stürzten roh des Königs

Thron. –

Trauert, Freunde, denn kein

Morgen

Wird ein Schloß wie dies

umlohn!

Was da blühte, was da

glühte –

Herrlichkeit! –

Eine welke Märchenblüte

Ist's aus längst begrabner

Zeit.

Und durch glutenrote

Fenster

Werden heute Wandrer

sehn

Ungeheure Wahngespenster

Grauenhaft im Tanz sich

drehn;

Aus dem Tor in wildem

Wellen

Wie ein Meer

Lachend ekle Geister quellen

–

Weh, es lächelt keiner

mehr!

Ich entsinne mich gut, daß diese Ballade uns auf ein Gespräch führte, in dem Usher eine seltsame Anschauung kundgab. Ich erwähne diese Anschauung weniger darum, weil sie etwa besonders neu wäre (denn andere haben schon ähnliche Hypothesen aufgestellt), als wegen der Hartnäckigkeit, mit der Usher sie vertrat. Seine Anschauung bestand hauptsächlich darin, daß er den Pflanzen ein Empfindungsvermögen, eine Beseeltheit zuschrieb. Doch hatte in seinem verwirrten Geist diese Vorstellung einen kühneren Charakter angenommen und setzte sich in gewissen Grenzen auch ins Reich des Anorganischen fort. Es fehlen mir die Worte, um die ganze Ausdehnung dieser Idee, um die unbeirrte Hingabe meines Freundes an sie auszudrücken. Dieser sein Glaube knüpfte sich (wie ich schon früher andeutete) eng an die grauen Quadern des Heims seiner Väter. Die Vorbedingungen für solches Empfindungsvermögen waren hier, wie er sich einbildete, erfüllt in der Art der Anordnung der Steine, in dem sie zusammenhaltenden Bindemittel und ebenso auch in dem Pilzgeflecht, das sie überwucherte; ferner in den abgestorbenen Bäumen, die das Haus umgaben, und vor allem in dem nie gestörten, unveränderten Bestehen des Ganzen und in seiner Verdoppelung in den stillen Wassern des Teiches. Der Beweis – der Beweis dieser Beseeltheit sei, so sagte er, zu erblicken (und als er das aussprach, schrak ich zusammen) in der hier ganz allmählichen, jedoch unablässig fortschreitenden Verdichtung der Atmosphäre – in dem eigentümlichen Dunstkreis, der Wasser und Wälle umgab. Die Wirkung dieser Erscheinung, fügte er hinzu, sei der lautlos und gräßlich zunehmende vernichtende Einfluß, den sie seit Jahrhunderten auf das Geschick seiner Familie ausgeübt habe; sie habe ihn zu dem gemacht, als den ich ihn jetzt erblicke – zu dem, was er nun sei. – Solche Anschauungen bedürfen keines Kommentars, und ich füge ihnen daher nichts hinzu.

Unsere Bücher – die Bücher, die jahrelang die hauptsächliche Geistesnahrung des Kranken gebildet hatten – entsprachen, wie leicht zu vermuten ist, diesem phantastischen Charakter. Wir grübelten gemeinsam über solchen Werken wie „Vert-Vert et Chartreuse“ von Gresset, „Belphegor“ von Machiavelli, „Himmel und Hölle“ von Swedenborg, „Die unterirdische Reise des Nicolaus Klimm“ von Holberg, der Chiromantie von Robert Flud, von Jean D'Indaginé und von de la Chambre; brüteten über der „Reise ins Blaue“ von Tieck und der „Stadt der

Sonne“ von Campanella. Ein Lieblingsbuch war eine kleine Oktavausgabe des „Direktorium Inquisitorium“ des Dominikaners Emmerich von Gironne, und es gab Stellen in „Pomponius Mela“ über die alten afrikanischen Satyrn und Ogipans, vor denen Usher stundenlang träumend sitzen konnte. Sein Hauptentzücken jedoch bildete das Studium eines sehr seltenen und seltsamen Buches in gotischem Quartformat – Handbuches einer vergessenen Kirche – der "Vigiliae Mortuorum secundum Chorum Ecclesiae Maguntinae."

Ich konnte nicht anders, als an das seltsame Ritual dieses Werkes und seinen wahrscheinlichen Einfluß auf den Schwermütigen denken, als er eines Abends, nachdem er mir kurz mitgeteilt hatte, daß Lady Magdalen nicht mehr sei, seine Absicht äußerte, den Leichnam vor seiner endgültigen Beerdigung in einer der zahlreichen

Grüfte innerhalb der Grundmauern des Gebäudes aufzubewahren. Die rein äußere Ursache, die er für dieses Vorgehen angab, war solcher Art, daß ich mich nicht aufgelegt fühlte, darüber zu diskutieren. Er, der Bruder, war (wie er mir sagte) zu diesem Entschluß gekommen infolge des ungewöhnlichen Charakters der Krankheit der Dahingeschiedenen, infolge gewisser eifriger und eindringlicher Fragen ihres Arztes und infolge der abgelegenen und einsamen Lage des Begräbnisplatzes der Familie. Ich will nicht leugnen, daß, wenn ich mir das finstere Gesicht des Mannes ins Gedächtnis rief, dem ich am Tage meiner Ankunft auf der Treppe begegnete –, daß ich dann kein Verlangen hatte, einer Sache zu widersprechen, die ich nur als eine harmlose und keineswegs unnatürliche Vorsichtsmaßregel ansah.

Auf Bitten Ushers half ich ihm bei den Vorkehrungen für die vorläufige Bestattung. Nachdem der Körper eingesargt worden war, trugen wir ihn beide ganz allein zu seiner Ruhestätte. Die Gruft, in der wir ihn beisetzten, war so lange nicht geöffnet worden, daß unsere Fackeln in der drückenden Atmosphäre fast erstickten und uns kaum gestatteten, ein wenig Umschau zu halten. Sie war eng, dumpfig und ohne jegliche Öffnung, die Licht hätte einlassen können; sie lag in beträchtlicher Tiefe, genau unter dem Teil des Hauses, in dem sich mein eigenes Schlafgemach befand. Augenscheinlich hatte sie in früheren Zeiten der Feudalherrschaft als Burgverlies übelste Verwendung gefunden und später als Lagerraum für Pulver oder sonst einen leicht entzündlichen Stoff gedient, denn ein Teil ihres Fußbodens sowie das ganze Innere eines langen Bogenganges, durch den wir das Gewölbe erreichten, war sorgfältig mit Kupfer bekleidet. Die Tür aus massivem Eisen hatte ähnliche Schutzvorrichtungen. Ihr ungeheures Gewicht brachte einen ungewöhnlich scharfen, kreischenden Laut hervor, als sie sich schwerfällig in den Angeln drehte.

Nachdem wir unsere traurige Bürde an diesem Ort des Grauens auf ein vorbereitetes Gestell niedergesetzt hatten, schoben wir den noch lose aufliegenden Deckel des Sarges ein wenig zur Seite und blickten ins

Antlitz der Ruhenden. Eine ganz verblüffende Ähnlichkeit zwischen Bruder und Schwester fesselte jetzt zum erstenmal meine Aufmerksamkeit, und Usher, der vielleicht meine Gedanken erriet, murmelte ein paar Worte, denen ich entnahm, daß die Verstorbene und er Zwillinge gewesen waren und daß Sympathien ganz ungewöhnlicher Natur stets zwischen ihnen bestanden hatten. Unsere Blicke ruhten jedoch nicht lange auf der Toten – denn wir konnten sie nicht ohne Ergriffenheit und Grausen betrachten. Das Leiden, durch das die Lady so in der Blüte der Jugend ins Grab gebracht worden war, hatte – wie es bei Erkrankungen ausgesprochen kataleptischer Art gewöhnlich der Fall ist – auf Hals und Antlitz so etwas wie eine schwache Röte zurückgelassen und den Lippen ein argwöhnisch lauerndes Lächeln gegeben, das so schrecklich ist bei Toten. Wir setzten den Deckel wieder auf, schraubten ihn fest, und nachdem wir die Eisentür wieder verschlossen hatten, nahmen wir mit Mühe unsern Weg hinauf in die kaum weniger düsteren Räumlichkeiten des oberen Stockwerkes.

Und jetzt, nachdem einige Tage bittersten Kummers vergangen waren, trat in der Geistesverwirrung meines Freundes eine merkliche Änderung ein. Sein ganzes Wesen wurde ein anderes. Seine gewöhnlichen Beschäftigungen wurden vernachlässigt oder vergessen. Er schweifte von Zimmer zu Zimmer mit eiligem, unsicherem und ziellosem Schritt. Die Blässe seines Gesichts war womöglich noch gespenstischer geworden – aber der feurige Glanz seiner Augen war ganz erloschen. Die gelegentliche Heiserkeit seiner Stimme war nicht mehr zu hören, und ein Zittern und Schwanken, wie von namenlosem Entsetzen, durchbebte gewöhnlich seine Worte. Es gab in der Tat Zeiten, wo ich vermeinte, sein unablässig arbeitender Geist kämpfe mit irgendeinem drückenden Geheimnis, zu dessen Bekenntnis er nicht den Mut finden könne. Zu andern Zeiten wieder war ich gezwungen, alles lediglich als Äußerungen seiner seltsamen Krankheit aufzufassen, denn ich sah, wie er stundenlang ins Leere starrte – und zwar mit dem Ausdruck tiefster Aufmerksamkeit, als lausche er irgendeinem eingebildeten Geräusch. Es war kein

Wunder, daß sein Zustand mich erschreckte, mich ansteckte. Ich fühlte, wie sich ganz allmählich, doch unablässig seine seltsamen Wahnvorstellungen, die er mir niemals mitteilte, in mich hineinfraßen.

Besonders in der Nacht des siebenten oder achten Tages nach der Bestattung der Lady Magdalen in der Gruft, als ich mich sehr spät zum Schlafen zurückgezogen hatte, geschah es, daß ich die volle Gewalt dieser Empfindungen erfuhr. Kein Schlaf nahte sich meinem Lager, während die Stunden träge dahinkrochen. Ich bemühte mich, der Nervosität, die mich ergriffen hatte, Herr zu werden. Ich suchte mich zu überzeugen, daß an vielem – wenn nicht an allem –, was ich fühlte, die unheimliche Einrichtung des Gemachs schuld sei; denn es war unheimlich, wie die dunklen und zerschlissenen Wandteppiche, vom

Atem eines nahenden Sturmes bewegt, stoßweise auf- und niederschwankten und gegen die Verzierungen des Bettes raschelten. Aber meine Anstrengungen waren fruchtlos. Ein nicht abzuschüttelndes Grauen durchbebte meinen Körper, und schließlich hockte auf meinem Herzen ein Alp – ein furchtbarstes Entsetzen. Mit einem tiefen Atemzug rang ich mich frei aus diesem Bann und setzte mich im Bette auf, ich spähte angestrengt in das undurchdringliche Dunkel des Zimmers und lauschte – wie getrieben von seltsamen instinktiven Ahnungen – auf gewisse dumpfe, unbestimmbare Laute, die, wenn der Sturm schwieg, in langen Zwischenräumen von irgendwoher zu mir drangen, überwältigt von unbeschreiblichem Entsetzen, das mir ebenso unerträglich wie unerklärlich schien, warf ich mich hastig in die Kleider (denn ich fühlte, daß ich in dieser Nacht doch keinen

Schlaf mehr finden würde) und versuchte, mich aus meinem jammervollen Zustand aufzuraffen, indem ich eilig im Zimmer auf und ab wandelte.

Ich war erst ein paarmal so hin und her gegangen, als ein leichter Tritt auf der benachbarten Treppe meine Aufmerksamkeit erregte. Ich erkannte sogleich Ushers Schritt. Einen Augenblick später klopfte er leise an meine Tür und trat mit einer

Lampe in der Hand ein. Sein Gesicht war wie immer leichenhaft blaß – aber schrecklicher war der Ausdruck seiner Augen; wie eine irrsinnige Heiterkeit flammte es aus ihnen – sein ganzes Gebaren zeigte eine mühsam gebändigte hysterische Aufregung. Sein Ausdruck entsetzte mich – doch alles schien erträglicher als diese fürchterliche Einsamkeit, und ich begrüßte sein Kommen wie eine Erlösung.

„Und du hast es nicht gesehen?“ sagte er unvermittelt, nachdem er einige Augenblicke schweigend um sich geblickt hatte. „Du hast es also nicht gesehen? – Doch halt, du sollst!“ Mit diesen Worten beschattete er sorgsam seine Lampe und lief dann an eins der Fenster, das er dem Sturm weit öffnete.

Die ungeheure Wut des hereinstürmenden Orkans hob uns fast vom Boden empor. Es war wirklich eine sturmrasende, aber doch sehr schöne Nacht, eine Nacht, die grausig seltsam war in Schrecken und in Pracht. Ganz in unserer Nachbarschaft mußte sich ein Wirbelwind erhoben haben, denn die Windstöße änderten häufig ihre Richtung. Die ungewöhnliche Dichtigkeit der Wolken, die so tief hingen, als lasteten sie auf den Türmen des Hauses, verhinderte nicht die Wahrnehmung, daß sie wie mit bewußter Hast aus allen

Richtungen herbeijagten und ineinanderstürzten – ohne aber weiterzuziehen.

Ich sage: selbst ihre ungewöhnliche Dichtigkeit verhinderte uns nicht, dies wahrzunehmen – dennoch erblickten wir keinen Schimmer vom Mond oder von den Sternen – ebensowenig aber einen Blitzstrahl. Doch die unteren Flächen der jagenden Wolkenmassen und alle uns umgebenden Dinge draußen im

Freien glühten im unnatürlichen Licht eines schwach leuchtenden und deutlich sichtbaren gasartigen Dunstes, der das Haus umgab und einhüllte.

„Du darfst – du sollst das nicht sehen!“ sagte ich schaudernd zu Usher, als ich ihn mit sanfter Gewalt vom Fenster fort zu einem Sessel führte. „Diese Erscheinungen, die dich erschrecken, sind nichts Ungewöhnliches; es sind elektrische

Ausstrahlungen – vielleicht auch verdanken sie ihr gespenstisches Dasein der schwülen Ausdünstung des Teiches. Wir wollen das Fenster schließen; die Luft ist kühl und dir sehr unzuträglich. – Hier ist eines deiner Lieblingsbücher. Ich will vorlesen, und du sollst zuhören; und so wollen wir diese fürchterliche Nacht zusammen verbringen."

Der alte Band, den ich zur Hand genommen hatte, war der „Mad Trist" von Sir Launcelot Canning, aber ich hatte ihn mehr in traurigem Scherz als im Ernst Ushers Lieblingsbuch genannt; denn in Wahrheit ist in seiner ungefügen und phantasielosen Weitschweifigkeit wenig, was für den scharfsinnigen, idealen Geist meines Freundes von Interesse sein konnte. Es war jedoch das einzige Buch, das ich zur Hand hatte, und ich nährte eine schwache Hoffnung, der aufgeregte Zustand des Hypochonders möge Beruhigung finden (denn die Geschichte geistiger Zerrüttung weist solche Widersprüche auf) in den tollen Übertriebenheiten, die ich lesen wollte. Hätte ich wirklich aus der gespannten, ja leidenschaftlichen Aufmerksamkeit schließen dürfen, mit der er mir zuhörte – oder zuzuhören schien –, so hätte ich mir zu dem Erfolg meines Vorhabens Glück wünschen dürfen.

Ich war in der Erzählung bei der allbekannten Stelle angelangt, wo Ethelred, der Held des „Trist“, nachdem er vergeblich friedlichen Einlaß in die Hütte des Klausners zu bekommen versucht hatte, sich anschickt, den Eintritt durch Gewalt zu erzwingen. Hier lautet der Text, wie man sich erinnern wird, so:

„Und Ethelred, der von Natur ein mannhaft Herz hatte und der nun, nachdem er den kräftigen Wein getrunken, sich unermeßlich stark fühlte, begnügte sich nicht länger, mit dem Klausner Zwiesprach zu halten, der wirklich voll Trotz und Bosheit war, sondern da er auf seinen Schultern schon den Regen fühlte und den herannahenden Sturm fürchtete, schwang er seinen Streitkolben hoch hinaus und schaffte in den Planken der Tür schnell Raum für seine behandschuhte Hand; und nun faßte er derb zu und zerkrachte und zerbrach – und riß alles zusammen, daß der Lärm des dürren, dumpf krachenden Holzes durch den ganzen Wald schallte und widerhallte."

Bei Beendigung dieses Satzes fuhr ich auf und hielt mit Lesen inne, denn es schien mir so (obwohl ich sofort überlegte, daß meine erhitzte Phantasie mich getäuscht haben müsse), als kämen aus einem ganz entlegenen Teile des Hauses Geräusche her, die ein vollkommenes, sehr fernes Echo hätten sein können von jenem Krachen und Bersten, das Sir Launcelot so charakteristisch beschrieben hatte. Zweifellos war es nur das Zusammentreffen irgendeines Geräusches mit meinen Worten, das meine Aufmerksamkeit gefesselt hatte. Denn inmitten des Rüttelns der Fensterläden und all der vielfältigen Lärmlaute des immer mehr anwachsenden Sturmes hatte der Laut an sich sicherlich nichts, was mich interessiert oder gestört haben könnte. Ich fuhr in der Erzählung fort:

„Aber als der werte Held Ethelred jetzt in die Tür trat, geriet er bald in Wut und Bestürzung, keine Spur des boshaften Klausners zu bemerken, sondern statt seiner einen ungeheuren schuppenrasselnden Drachen mit feuriger Zunge, der als Hüter vor einem goldenen Palast mit silbernem Fußboden ruhte. Und an der Mauer hing ein Schild aus schimmerndem Stahl, in den die Inschrift eingegraben war:

„Wer hier herein will
dringen, den Drachen muß
er bezwingen;
Ein Held wird er sein, den
Schild sich erringen.“

Und Ethelred schwang seinen Streitkolben und schmetterte ihn auf den Schädel des Drachen, der zusammenbrach und seinen übeln Odem aufgab und dieses mit einem so gräßlichen und schrillen und durchdringenden Schrei, daß

Ethelred sich gern die Ohren zugehalten hätte vor dem schrecklichen Laut, desgleichen hievor niemalen erhört gewesen war."

Hier hielt ich wieder bestürzt inne – und diesmal mit schauderndem Entsetzen –, denn es konnte kein Zweifel bestehen, daß ich in diesem Augenblick (wennschon es mir unmöglich war, anzugeben, aus welcher Richtung) einen dumpfen und offenbar entfernten, aber schrillen, langgezogenen, kreischenden Laut vernommen hatte – das vollkommene Gegenstück zu dem unnatürlichen Aufschrei des Drachen, wie der Dichter ihn beschrieb.

Trotzdem ich durch dies zweite und höchst seltsame Zusammentreffen erschreckt war und tausend widerstreitende Empfindungen, in denen Erstaunen und äußerstes Entsetzen vorherrschten, mich bestürmten, so hatte ich dennoch Geistesgegenwart genug, nicht etwa durch eine diesbezügliche Bemerkung die Nervosität meines Gefährten noch zu steigern. Ich war keineswegs sicher, daß er die in Frage stehenden Laute vernommen hatte, obgleich allerdings während der letzten Minuten eine sonderbare Veränderung mit ihm vorgegangen war. Anfänglich hatte er mir gegenüber gesessen, so daß ich ihm voll ins Gesicht sehen konnte; nach und nach aber hatte er seinen Stuhl so herumgedreht, daß er nun mit dem Gesicht zur Tür schaute. Ich konnte daher seine Züge nur teilweise erblicken, doch sah ich, daß seine Lippen zitterten, als flüstere er leise vor sich hin. Der Kopf war ihm auf die Brust gesunken, aber ich wußte, daß er nicht schlief, denn sein Profil zeigte mir seine weit und starr geöffneten Augen, und sein Oberkörper bewegte sich unausgesetzt sanft und einförmig hin und her. Dies alles hatte ich mit raschem Blick erfaßt und nahm nun die Erzählung Sir Launcelots wieder auf:

„Und nun, da der Held der schrecklichen Wut des Drachen entronnen war und sich des stählernen Schildes erinnerte, dessen Zauber nun gebrochen, räumte er den Kadaver beiseite und schritt über das silberne Pflaster kühn hin zu dem Schild an der Wand. Der aber wartete nicht, bis er herangekommen war, sondern stürzte zu seinen Füßen auf den Silberboden nieder, mit gewaltig schmetterndem, furchtbar dröhnendem Getöse.“

Kaum hatten meine Lippen diese Worte gesprochen, da vernahm ich – als sei in der Tat ein eherner Schild schwer auf einen silbernen Boden gestürzt – deutlich, aber gedämpft einen metallisch dröhnenden Widerhall. Gänzlich entnervt sprang ich auf die Füße, aber die taktmäßige

Schaukelbewegung Ushers dauerte fort. Ich stürzte zu dem Stuhl, in dem er saß. Sein Blick war stier geradeaus gerichtet, und sein Antlitz schien wie zu Stein erstarrt. Aber als ich die Hand auf seine Schulter legte, befiel ein heftiges Zittern seine ganze Gestalt; ein krankes Lächeln zuckte um seinen Mund, und ich sah, daß er leise, hastend und stotternd vor sich hin murmelte, als wisse er nichts von meiner Anwesenheit. Mich tief zu ihm hinabbeugend, trank ich schließlich den scheußlichen Sinn seiner Worte ein:

„Es nicht hören? – O, ich höre es wohl und habe es gehört. Lange – lange – lange – viele Minuten, viele Stunden, viele Tage habe ich es gehört – aber ich wagte nicht – o, bedaure mich – elender Schurke, der ich bin! – Ich wagte nicht, ich wagte nicht zu reden! Wir haben sie lebendig ins Grab gelegt! Sagte ich nicht, meine Sinne seien scharf? Ich sage dir jetzt, daß ich ihre ersten schwachen Bewegungen im dumpfen Sarge hörte. Ich hörte sie – vor vielen, vielen Tagen schon – dennoch wagte ich nicht – ich wagte nicht zu reden! Und jetzt – heute nacht – Ethelred – ha! ha! – Das Aufbrechen der Tür des Klausners und der Todesschrei des Drachen und das Dröhnen des Schildes! – Sage lieber: das Zerbersten ihres Sarges, das Kreischen der eisernen Angeln ihres Gefängnisses und ihr qualvolles Vorwärtskämpfen durch den kupfernen Bogengang des Gewölbes. Oh, wohin soll ich fliehen? Wird sie nicht gleich hier sein? Wird sie nicht eilen, um mir meine Eile vorzuwerfen? Hörte ich nicht schon ihren Tritt auf der Treppe? Kann ich nicht schon das schwere und schreckliche Schlagen ihres Herzens vernehmen? Wahnsinniger!“ – hier sprang er wie rasend auf und kreischte, als wolle er mit diesen Worten seine Seele hinausbrüllen –

„Wahnsinniger! Ich sage dir, daß sie jetzt draußen vor der Tür steht!“

Als läge in der übermenschlichen Kraft dieses Ausrufes die Macht eines Zaubers – so rissen jetzt die riesigen alten Türflügel, auf die der Sprecher hinzeigte, ihre gewaltigen, ebenholzenen Kinnladen auf. Es war das Werk des rasenden Sturmes – aber siehe! draußen vor der Tür stand leibhaftig die hohe, ins Leinentuch gehüllte Gestalt der Lady Magdalen

Usher. Es war Blut auf ihrer weißen Gewandung, und die Spuren eines erbitterten Kampfes waren überall an ihrem abgezehrten Körper zu erkennen. Einen Augenblick blieb sie zitternd und taumelnd auf der Schwelle stehen – dann fiel sie mit einem leisen schmerzlichen Aufschrei ins Zimmer auf den Körper ihres Bruders – und in ihrem heftigen und nun endgültigen Todeskampf riß sie ihn tot zu Boden – ein Opfer der

Schrecken, die er vorausempfunden hatte.

Wie verfolgt entfloh ich aus diesem Gemach und diesem Hause. Draußen tobte das Unwetter in unverminderter Heftigkeit, als ich den alten Teichdamm kreuzte. Plötzlich schoß ein unheimliches Licht quer über den Pfad, und ich blickte zurück, um zu sehen, woher ein so ungewöhnlicher Glanz kommen könne, denn hinter mir lagen allein das weite Schloß und seine Schatten. Der Strahl war Mondglanz, und der volle, untergehende, blutrote Mond schien jetzt hell durch den einst kaum wahrnehmbaren Riß, von dem ich bereits früher sagte, daß er vom Dach des Hauses im Zickzack bis zum Erdboden lief. Während ich hinstarrte, erweiterte sich dieser Riß mit unheimlicher Schnelligkeit, ein wütender Stoß des Wirbelsturms kam, das volle Rund des Satelliten wurde in dem breit aufgerissenen

Spalt sichtbar; mein Geist wankte, als ich jetzt die gewaltigen Mauern auseinanderbersten sah; es folgte ein langes, tosendes Krachen wie das Getöse von tausend Wasserfällen, und der tiefe und schwarze Teich zu meinen Füßen schloß sich finster und schweigend über den Trümmern des Hauses Usher.